Leo Lausemaus

will sich nicht die Zähne putzen

Illustrationen von Marco Campanella

CARLSEN

Leo Lausemaus hat den ganzen Nachmittag draußen gespielt. Das macht hungrig, da kommt das Abendbrot gerade recht. Heute gibt es knackiges buntes Gemüse – mmmh, wie lecker! Aber Leo sieht gar nicht zufrieden aus …

„Mama, das mag ich nicht. Ich will lieber Schokoladenpudding!“, nörgelt er.

Doch darauf lässt sich die Mama nicht ein: „Zuerst wird das frische Gemüse gegessen und danach kannst du einen Nachtisch bekommen.“

Leo ist empört. Aber zu viel Süßes ist eben nicht gesund für kleine Mäusezähnchen …

Uff!

Die Reste vom Schokopudding kleben noch an Leos Schnauzhaaren, da soll er schon die Zähne putzen. Brrr … das passt dieser kleinen Lausemaus gar nicht! Aber die Mama lässt auch hier nicht locker …

„Leo, gerade vor dem Schlafengehen musst du dir die Zähne putzen, damit du keine Zahnschmerzen bekommst“, erklärt die Mama und fügt lächelnd hinzu: „Und wer gerne Pudding isst, muss das besonders gründlich tun!“

Leo ist mit Teddy in sein Bettchen gekrabbelt und hat es sich bequem gemacht. Die Mama liest den beiden nun noch eine Gutenachtgeschichte vor. Leider ist die mal wieder viel zu schnell zu Ende …
„So, genug für heute, Leo, du kleine Lausemaus. Schlaf recht schön!“, wünscht die Mama und erinnert: „Und morgen wieder schön die Zähnchen putzen, damit sie gesund bleiben!“
Oh, immer diese Ermahnungen. Davon möchte Leo Lausemaus nun wirklich nichts mehr hören und beschließt, von einem riesigen Puddingberg zu träumen …

Heute Morgen geht Leos Papa zum Zahnarzt und – was für eine Überraschung – Leo darf mitgehen …
Während der Papa schon auf dem Zahnarztstuhl Platz genommen hat, schaut sich Leo in der Praxis alles ganz genau an.
Gerade untersucht der Zahnarzt mit Hilfe eines kleinen Spiegels Papas Zähne. „Super, alles in bester Ordnung!“, lobt er und meint dann: „Leo heißt du, nicht wahr? Komm, jetzt bist du an der Reihe.“

Schon ist Leo auf den Zahnarztstuhl geklettert. Das ging ja schnell …
Der Zahnarzt lächelt Leo freundlich an und bittet ihn: „Nun,
lieber Leo, mach dein Mündchen bitte weit auf, so dass ich mir
deine blitzblank geputzten Zähnchen ansehen kann."
Doch Leo presst die Lippen fest aufeinander und will seine Zähne
nicht zeigen. Nanu, ob ihm wohl gerade eingefallen ist,
dass er sie in letzter Zeit nicht immer so richtig gut geputzt hat?

Aber weil der Zahnarzt so nett ist, lässt Leo ihn dann schließlich doch in seinen Mund schauen. Noch sind bei Leo Lausemaus alle Zähne in Ordnung. Nur der Zahnarzt hat sehr wohl bemerkt, dass er sie nicht immer gründlich genug geputzt hat … „Leo, du musst deine Zähnchen besser und öfter putzen. Sie sollen doch gesund bleiben, damit du viele leckere Sachen essen kannst!“, ermahnt er ihn. „Schau mal, hier ist ein Büchlein, in dem wird die Zahnpflege für kleine Lausemäuse ganz genau erklärt.“ Das findet Leo klasse. Schnell nach Hause, Zähnchen putzen!

Leo hat es eilig. Aber was macht er denn da? Wollte er sich nicht gleich die Zähne putzen? Eifrig kramt Leo Lausemaus in seinen Spielsachen …
„Komm, Teddy, wir holen alle Spielsachen heraus. Gleich kommt Didi uns besuchen! Und das Beste ist, er darf bei uns übernachten. Das wird richtig Spaß machen!“, freut sich Leo.
Und da ist auch schon Didi Dachs, Leos bester Freund. Mal sehen, was die beiden so alles aushecken …

Viel zu schnell ist dieser Tag vergangen. Nach dem Abendbrot haben sich die beiden Freunde umgezogen. Leo trägt sein kuscheliges Nachthemdchen, Didi seinen lustigen Schlafanzug.
„Ab ins Bad mit euch beiden, waschen und Zähnchen putzen nicht vergessen!“, ruft die Mama den beiden aus der Küche zu.
Doch sieh nur! Die zwei sind schon auf dem Weg zum Bettchen.
Sie haben sich doch noch gar nicht die Zähne geputzt!

Eigentlich liest die Mama ihrem Leo ja immer eine Gutenachtgeschichte vor, aber heute wollen sich die beiden Freunde doch lieber selbst noch eine schöne Geschichte erzählen …
„Kennst du schon die Geschichte von dem kleinen Entlein?“, will Leo wissen. „Nein, erzähl mal!“, sagt Didi und kramt nach einer Dose. „Hier, die Kekse habe ich uns mitgebracht. Probier mal, superlecker!“ Was machen die beiden da nur? Die Zähnchen nicht geputzt und jetzt um diese Zeit noch naschen? Na, wenn das mal gut geht …

Leo Lausemaus und Didi haben sehr gut geschlafen. So ausgeruht, denken die beiden auch schon ans Frühstücken. Gut, dass die Mama etwas vorbereitet hat. „Na, dann kommt mal schnell in die Küche, ihr zwei. Es gibt Müsli!" – „Das schmeckt und macht stark!", erklärt Leo. Didi findet: „Das sieht super aus. Komm, lass uns die Apfelstückchen zuerst essen."
Doch auf einmal geht es Didi gar nicht mehr gut. Er hält sich die Wange und jammert: „Aua, das tut so weh!"

1l

Armer kleiner Didi Dachs, er hat Zahnschmerzen. Leos Mama hat natürlich sofort bei Didis Mama angerufen. Schon ist sie da und nimmt ihren kleinen Racker liebevoll in die Arme.
„Na, dann komm, mein Kleiner, wir gehen zum Zahnarzt. Der wird dir helfen!"
Leo tut es richtig leid, dass es seinem Freund nicht gut geht.
„Wird Didi bald wieder gesund, Mama?" – „Aber ja doch, morgen kann er schon wieder in den Kindergarten!", erklärt die Mama.
Leo Lausemaus denkt nach: „Ach, hätten wir vor dem Schlafengehen doch bloß unsere Zähne geputzt und nicht die süßen Kekse genascht!"